llama llama™
holiday helper
el ayudante de las fiestas

traducción de Isabel C. Mendoza

Based on the bestselling children's book series by Anna Dewdney

Basado en la colección superventas de libros infantiles de Anna Dewdney

PENGUIN YOUNG READERS LICENSES
An imprint of Penguin Random House LLC, New York

First published in hardcover in the United States of America by Penguin Young Readers Licenses, an imprint of Penguin Random House LLC, New York, 2020
Bilingual paperback edition published by Penguin Young Readers Licenses, an imprint of Penguin Random House LLC, New York, 2022

Translation by Isabel C. Mendoza

Visit us online at penguinrandomhouse.com.

Manufactured in China

ISBN 9780593522592   10 9 8 7 6 5 4 3 2 1 HH

llama llama™
holiday helper
el ayudante de las fiestas

traducción de Isabel C. Mendoza

Based on the bestselling children's book series by Anna Dewdney

Basado en la colección superventas de libros infantiles de Anna Dewdney

Illustrated by / Ilustrado por JJ Harrison

Llama Llama drapes the last piece of tinsel on the tree. "There!" He steps back to hold Mama Llama's hand. "All done!"

Llama Llama coloca la última tira de oropel en el árbol. —¡Ya está! —se aleja un poco y toma a Mamá Llama de la mano—. ¡Terminamos!

Mama Llama smiles and looks around. "You have been such a good helper that we are ready for Christmas early!"

Mamá Llama sonríe y mira a su alrededor.
—Eres tan buen ayudante ¡que estamos listos antes de tiempo para celebrar la Navidad!

After snack time, Llama shakes the snow globes and restacks the presents.

Después de la merienda, Llama sacude los globos de nieve y reorganiza los regalos.

Then he sits down and announces, "I'm bored!"

Luego se sienta y anuncia:
—¡Estoy aburrido!

"Hmmm." Mama Llama pats him on the head. "Maybe others need help getting ready for the holidays."

—Mmmm —exclama Mamá Llama mientras le da golpecitos cariñosos en la cabeza—. Quizás otras personas necesitan ayuda con los preparativos para las fiestas.

"Good idea!" says Llama. "I'll go to Gram and Grandpa's first."

—¡Buena idea! —dice Llama—. Voy a ir primero a casa de la abuelita y el abuelito.

Llama holds the wreaths as Grandpa nails them to the fence.

Llama sostiene las guirnaldas mientras el abuelito las clava en la cerca.

Llama hugs his grandparents before jumping back on his scooter.

Llama abraza a sus abuelitos y regresa de un salto a su patineta.

He pushes off, singing.

Y se aleja, cantando.

Holidays are so much fun.
I'm happy helping everyone!

Las fiestas de diciembre son muy divertidas.
¡Ayudar a todos es mi actividad preferida!

Gilroy is setting up decorations outside. But the reindeer keep falling over!

Gilroy está poniendo adornos afuera; pero los renos se caen una y otra vez.

Llama has an idea. "Let's put rocks around their hooves."

A Llama se le ocurre una idea: —Pongámosles piedras alrededor de las pezuñas.

As they work, he asks, "What do you love about the holidays, Gilroy?" "Getting presents!" his friend admits. "And *this* year, I will remember to thank everyone!" Llama nods and smiles, thinking of the gifts he made for his friends.

—¿Qué es lo que más te gusta de las fiestas, Gilroy? —pregunta Llama mientras colocan las piedras.
—¡Recibir regalos! —confiesa su amigo—. ¡Y *este* año, me acordaré de agradecer a quienes me los dan!
Llama asiente y sonríe, pues piensa en los regalos que él mismo hizo para sus amigos.

"See you later!" Llama waves goodbye.

—¡Hasta luego! —dice Llama, y se despide con la mano.

Holidays are so much fun.
I'm happy helping everyone!

Las fiestas de diciembre son muy divertidas.
¡Ayudar a todos es mi actividad preferida!

Llama knocks at Nelly Gnu's back door.
"Do you need any help?" he asks.

Llama toca a la puerta trasera de Nelly Ñu.
—¿Necesitan ayuda? —pregunta.

"Yes!" Nelly hands him an apron. "We are baking cookies for Daddy Gnu's Bakery *and* our family."

—¡Sí!, dice Nelly, y le entrega un delantal—. Estamos haciendo galletas para la Pastelería de Papá Ñu *y también* para la familia.

While the cookies are in the oven, Nelly and Llama cut paper snowflakes. Suddenly, Llama sniffs and says, "The cookies smell ready!"

Mientras las galletas se hornean, Nelly y Llama hacen copos de nieve de papel. De repente, Llama siente un olor y dice:
—¡Me huele que las galletas ya están listas!

Daddy Gnu rushes in. "Just in time! Thank you, Llama!"
They each try the cookies before Llama leaves.

Papá Ñu corre a la cocina.
—¡Justo a tiempo! ¡Gracias, Llama!
Todos prueban las galletas, y luego, Llama se marcha.

At Euclid's, Llama's friend waves him in. "I just built this electric Yule log from a kit," says Euclid. Then he frowns. "But it doesn't work!"

Su amigo Euclid le da la bienvenida con la mano. —Acabo de armar este tronco navideño eléctrico que compré —dice Euclid—. ¡Pero no funciona! —añade, frunciendo el ceño.

Llama scratches his head. "Did you flip the switch to *on*?"
Euclid pushes the switch, and fake flames glow brightly. "Sometimes I forget the easiest step. Thanks for reminding me!"

Llama se rasca la cabeza.
—¿Moviste el interruptor a *encendido*?
Euclid mueve el interruptor, y llamas de mentiras comienzan a arder esplendorosamente.
—A veces se me olvida el paso más fácil. ¡Gracias por recordármelo!

"You're welcome!" says Llama.
He laughs and sets off for Luna's house.

—¡Con mucho gusto! —dice Llama, y sonríe
mientras sale rumbo a la casa de Luna.

Luna clears a spot for Llama at her craft table. "I'm making a centerpiece. Will you glue on the pine cones?"

"Sure!" says Llama. Luna hums holiday songs as they finish. "Can you come caroling later?" she asks. "Everybody's going."

"I think so," Llama says. "Why don't you all stop at my house first?"

Luna le hace espacio a Llama en su mesa de manualidades.

—Estoy haciendo un arreglo para el comedor. ¿Me ayudas a pegar las piñas?

—¡Por supuesto! —dice Llama.

Luna tararea canciones de Navidad hasta que terminan.

—¿Puedes acompañarnos más tarde a cantar villancicos? —pregunta Luna—. Todos van a ir.

—Creo que sí —dice Llama—. ¡Pasen por mi casa primero!

Llama hurries home.

Llama se va a toda prisa para su casa.

"Mama," he calls, running in and taking a big breath. "Everyone is coming over. Can I give them their presents and then go caroling?"
"Of course," says Mama. "I'll make hot chocolate."

—Mamá —grita Llama mientras entra corriendo y toma una bocanada de aire—. Todos mis amigos van a venir. ¿Puedo darles los regalos y después ir con ellos a cantar villancicos?
—Por supuesto —dice Mamá Llama—. Voy a hacerles chocolate caliente.

Later, when he hears "Jingle Bells" being sung outside, Llama rushes to the window. But he trips on the light cord!

Más tarde, Llama oye voces afuera cantando "Navidad, Navidad, hoy es Navidad...", y entonces corre a la ventana. ¡Pero se tropieza con el cable de las luces!

CRASH!
Tinkle! Tinkle!
¡CATAPLUM!
¡Tintín, tintín!

"Oh no!" cries Llama.

¡Ay, no! —Llama llora.

"What a mess!" Llama moans. "Everything was perfect! The tree, the ornaments . . ."
"No worries," Nelly tells him. "Now *we* will help *you*!"

—¡Qué desastre! —gime Llama—. ¡Todo estaba perfecto! El árbol, los adornos...
—No te preocupes —dice Nelly—. ¡Ahora *nosotros* te ayudaremos a *ti*!

Together, they all stand up the tree. Mama Llama
sweeps up the broken bits. Then Llama says,
"Now let's open presents!"

Juntos, levantan el árbol. Mamá Llama barre los
pedacitos de cristal. Entonces, Llama dice:
—¡Ahora vamos a abrir los regalos!

His friends love their new wristbands. "Thank you!" they chorus before handing
him their gifts.

A sus amigos les encantan las pulseras que les hizo.
—¡Gracias! —dicen en coro antes de entregarle a Llama sus regalos.

Llama raises his mug of hot chocolate.

Llama levanta su taza de chocolate caliente.

Today I'm glad for everyone
who's sharing Llama Llama fun!
Happy holidays!

¡Verlos disfrutar juntos este momento
de diversión Llama Llama me pone muy contento!
¡Felices fiestas!

"New ornaments—just what I need!" Llama exclaims. "Thanks!"
"Let's hang them before we go caroling," suggests Luna.

—¡Adornos nuevos! ¡Justo lo que necesitaba! —exclama Llama—. ¡Gracias!
—Colguémoslos antes de salir a cantar villancicos —propone Luna.